PINTE O DESENHO.

DEIXE O ARCO-ÍRIS E O UNICÓRNIO BEM COLORIDOS.

ESCOLHA CORES BEM LEGAIS PARA ESTA CENA.

FAÇA UMA COLORAÇÃO BEM DIVERTIDA.

DEIXE O DESENHO BEM COLORIDO.

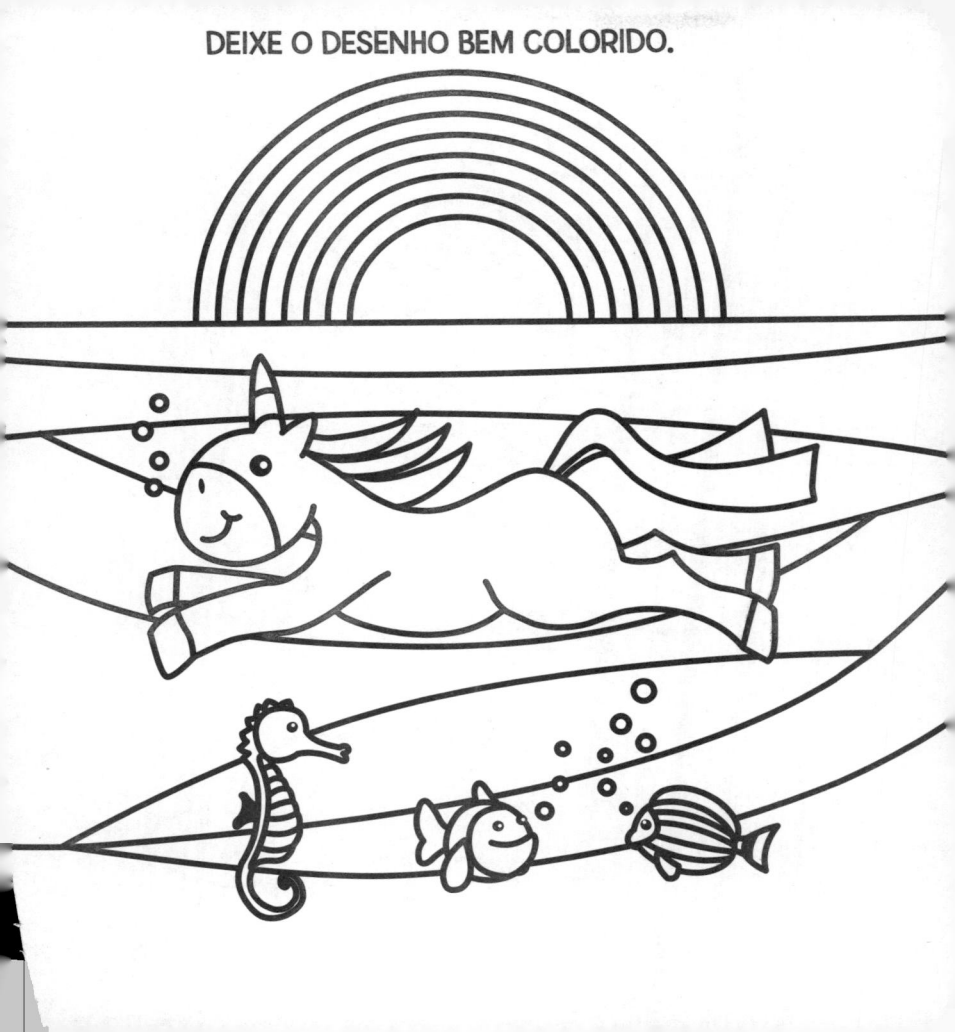

PINTE A CENA.

COLOQUE BASTANTE COR NO UNICÓRNIO E NA NUVEM.

PINTE AS FIGURAS.

ESCOLHA CORES DIVERTIDAS PARA A IMAGEM.

DEIXE A CENA COLORIDA.

FAÇA UMA COLORAÇÃO BEM ANIMADA.

PINTE O UNICÓRNIO.

ESCOLHA CORES DIFERENTES PARA ESTA CENA.

DEIXE A ILUSTRAÇÃO BEM DIVERTIDA.

PINTE A CENA.

DEIXE O UNICÓRNIO AINDA MAIS FELIZ COM MUITAS CORES.

FAÇA UMA COLORAÇÃO DIVERTIDA NESTA CENA.

USE CORES BEM ALEGRES NESTA IMAGEM.

PINTE O DESENHO.

ESCOLHA CORES DIFERENTES PARA ESTA CENA.

FAÇA UMA COLORAÇÃO BEM ALEGRE.

ESCOLHA CORES BEM VIVAS PARA ESTA FIGURA.

USE MUITAS CORES PARA DIFERENCIAR OS UNICÓRNIOS.

PINTE O DESENHO.

DEIXE O UNICÓRNIO E AS BORBOLETAS BEM COLORIDOS.

PINTE ESTA FIGURA.

ESCOLHA MUITAS CORES PARA ESTA CENA.

FAÇA UMA COLORAÇÃO BEM DIVERTIDA.

PINTE A CENA.

ESCOLHA LINDAS CORES PARA ESTE DESENHO.